| 봉필 이서연 제2시집 |

그래서
더 아름답다

지구문학

그래서 더 아름답다

| 시집을 내면서 |

올해도 벌써 반년이 훌쩍 지나고 무더운 여름이 왔습니다.

다람쥐 쳇바퀴 돌 듯 살아오면서 교통사고로 큰 수술도 했지만 좌절하지 않고 치료도 꾸준히 받아가면서 열심히 앞만 보고 살았습니다.

그때마다 나를 대단하다고 믿어주는 가족들의 응원이 있었기에 견디어 낼 수 있었고, 용기를 내서 더 열심히 살아왔습니다.

제가 시는 잘 못 쓰는데, 시는 제 삶에 활력소입니다.

변변찮은 졸작을 세상 밖에 내놓기가 부끄럽고 두렵지만 용기를 냈습니다.

그동안 써왔던 시들을 함께 모아 한 권의 책에 담았습니다.

평설을 맡아주신 김송배 선생님께 진심으로 감사를 드립니다.

또한 저를 아껴주시는 모든 지인들께도 감사드립니다.

2023년 7월

저자 이 서 연

차례

제 1 부 · 내 몸 살라 불 밝히렵니다

제2부 · 그래서 더 아름답다

차례

제3부 · 내 사무실이 운다

제4부 · 생전의 어머니 미소처럼

차례

제 5 부 · 저 작은 아기 나뭇잎들이

1부

내 몸 살라 불 밝히렵니다

흰머리

검은 머리
파뿌리 될 때까지
잘 살라는 말을
이해하지 못했다

하나 둘 흰머리가 늘더니
파뿌리가 보이기 시작한다

염색을 해서
파뿌리 싹을 감추는
어르신들

머리로 간 나의 파뿌리
백발이 벙그는 듯
흔들리며 웃고 있다

나도 염색을 할까?
파뿌리가 웃는다

촛불

내 몸 살라 밝히렵니다

타 들어가는 한 몸으로
조용히 불 밝히렵니다

어두운 곳마다
내 몸 태워
세상을 환하게
불 밝히렵니다

아무리
바람 불어 흔들려도
내 작은 몸 태워
불 밝히렵니다

연꽃

진흙 속을 지나도
몸은 더 깨끗해지고

곧은 줄기 세워
위로 오르는 연꽃이여

연꽃을 마주 보지 못해
나는 연꽃 앞에서
고개 숙인다

연탄불을 피우며

입을 맞추면 열리는 숨구멍
위로 오르는 화기
붉게 퍼지는 얼굴
뜨거운 가슴
차마 어쩌지 못하는
열정이 넘쳐난다

너처럼 제 몸을 태우다가
하얀 가슴이 된
내가 그랬을까

두 손으로 집게를 잡고
거침없이 타오를
불꽃을 그려 본다

치열한 삶

러시아워
전동차를 타본 사람은 안다

일터로 향하는
전동차 안
발 디딜 틈 없이
몸이 공중에 뜬다

출근시간 전철
미리 지쳐
업무 성과 낼 수 있을까
아침부터 밀려간다는
생각 든다

퇴근시간 전철
밀물처럼 밀려와
썰물처럼 빠지는 사람들

전쟁터가 된 오늘
그래도 내일이 기다려진다

달래

2천 원! 외치며
달래 파는 노점상 할머니
빗방울은 조금씩 내리는데
계속 같은 소리만 외친다

추운데 그만 들어가세요
나는 2천 원에 달래 한 묶음을 샀다

씻어보니
황토흙에서 자란 달래다

늦은 저녁 밥상이
달래 향기로 가득 채워졌다

나는 2천 원에
오늘 달래의 봄을 샀다

배웅

아침 출근길에
그가 나를 보고 웃으면
그날은 그냥 하루 일이
술술 풀린다

일이 잘 안 되는 날이면
아침에 배웅하던
그 미소를 떠올린다

그 미소 따라
내가 빙그레
미소짓다 보면

아침부터
저녁까지
나는 나에게
연신 고개를 끄덕인다

친구

한 달에 한 번 만나서
영화 한 편씩 보자고
약속했었다

내가 교통사고 나서
몇 년을 못 만났다

드디어 우리는 다시 만나
오랫동안 손잡고
놓지를 못했다

친구와 다시 두 달에
한 번씩 꼭 만나자고
또 약속했다

작정하면 어디고 갈 수 있는데
얼마든지 갈 수 있는데

된장 가시

담근 지 삼 년 넘은
된장 항아리에 가시가 났다
통통하게 살이 올랐다

맛있는 된장에는
가시가 난다고 하셨던
엄마 말씀이 떠올랐다

엄마를 보듯 반갑다
감나무 위에서 매미가
시샘하듯 맴맴거린다

잡채

양파 시금치 당근 버섯 고기와 당면까지
어우러져
제맛을 낸다

모난 사람 있어야
잘난 사람 보이듯
혼자서는 살 수 없는 세상살이

둥글둥글
이 사람 저 사람
어우러져야
세상 사는 맛이다

누구에게나 어울려서 사는
편안한 사람이
그래서 좋더라

잡채의 면발이
목젖을 타고 술술 내려간다

질투

꽃피워 고운 자태
뽐내려 했더니

짧은 삶을
순식간에 앗아가는
저 심술꾸러기

심술 난
비바람 앞에서
고개 떨군
수국꽃

열대야

온다는 비는 안 오고
태양은 한껏 열기를 뿜어낸다

며칠을 달구어대는 불기운
느티나무도 사람도 지쳤다

고추와 토마토도 혼절해
땅에 눕고

오늘 밤도
에어컨과 선풍기는

내 곁에서 밤새 보채는
소리를 낼 것 같다

선풍기

여름이면
제 온몸을 비틀며
바람을 선사해 준다

한 번도 아프다는 말없이
효자 효녀 노릇을
너무 잘 하고 있다

모찌떡

줄 서서 기다리는
모찌떡집 앞

입맛을 다시면서 기다리는
모찌떡집 앞

입안에 들어가자마자
팥앙금이 사르르 녹아 입안 가득
향기가 고인다

떡집 주인이
온갖 정성으로 빚은 모찌떡

오늘 하루의 마음이
모찌떡 안에 가득하다

중매

전혀 모르는 그들이
나의 전화 몇 통화에
형 아우로 맺어졌다

어쩌다가
하루라도 안 보면
애태우는 사이가 되었단다

전생에 그들은
어떤 인연이었을까

나는 기막힌 중매쟁이다

대봉감

내 주먹보다
큰 감을 보내왔다
아직 덜 익은
가지가 달린 감이다

사무실 거울 옆에
걸어두었다
거울이 힐끔힐끔
대봉감을 보고 있다

대봉감이 익기를
응원하고 있다

대봉감이 모래쯤 익어서
으쓱대겠지

대봉감과 거울이
사무실을 밝게 만들고 있다

땡땡이

다람쥐 쳇바퀴 돌 듯
개미같이 살다가

일터에 안 나가면
몸이 편할까?

오늘은 눈 딱 감고
땡땡이다

양촌리 화로구이

숭의동 오거리
국민은행 자리에
화로구이 집이 들어선다고 한다

은행에 있던 돈으로
새 건물을 짓는 것일까?

국민은행보다
큰 화로구이 집

오늘 양촌리 화로구이란
간판이 걸렸다

봄바람 타고 온
고기 내음 솔솔
화로구이처럼

숭의동 오거리에
따뜻한 사람들이
붐비길 기다려 본다

우엉

내 팔보다 긴 우엉대
한 묶음 2천 원에 샀다

손질해 채썰으니
냄비 한가득이다

조림 만들어 상차림하니
식구들 젓가락이 앞다툰다

밥상도 벙글
웃음꽃이 흐른다

열무김치

3천 원에 산
열무 세 단을 다듬었다

농부는 자식 키우듯
키웠을 열무

내 손맛을 보태니
열무김치가 두 통이다

보리밥에
열무김치 얹어
썩썩 비벼주니

가족들의 웃음소리가
방안에 가득하다

그래서 더 아름답다

2부

그래서 더 아름답다

그래서 더 아름답다

화분이 깨졌다
화분이 기울고
화분 속 흙이 흩어지다
다시 모여들었다

화분 속 흙 속에서
백합이 싹을 틔운다
깨진 화분 태를 기대어
위로 오르는 백합 줄기

깨진 화분 태 속에서
피어나는 백합의 미소

그래서 더 아름답다

자유공원

바다를 보는 장군의 눈길 따라
바다를 본다

파도치던 그 밤의 인천상륙
쉴 새 없이 해변을 오르던
군인들의 타오르던 눈빛
아직도 잊지 못하는 것일까
어쩌면 밀려오는 물결 속의 함성을
떠올리고 있는 듯

아니면 너무 오래 서 있어서
이제는 쉬고 싶은 자유를 갖고 싶다고
장군의 눈길은 더 멀리 간다

그 오랜 시간 바다를 보면서
얼마나 많은 생각을 지웠을까

말을 할 수 없는
그의 말을 듣기 위해
오늘도 공원에 오른다

군인

전동차 옆자리에 얼룩무늬 제복의
건장한 군인이 내 어깨에 고개를 묻는다
힐끗 보니 휴가 중 외출했다 집으로 가나 보다

내 어깨에 기댄 병장 계급장이 무거워진 듯
자세를 바로 하더니 다시 쓰러진다
그의 머리가 얹혀 있는 어깨를 빼면 그는 쓰러지겠지

나라를 지키는 일이 무거웠나 보다
내 어깨가 자꾸만 기운다
군대 간 아들이 내 앞에서 어른댄다

단비

비가 주룩주룩 내린다

농부가 기다리던 비
산과 들의 나무 풀이
기다리던 비다

우산이 없어도 좋았다
생쥐머리가 되어도 좋았다
벚꽃 잎이 떨어지는데도
오늘은 좋다

짧은 머리 남자
파마머리 여자
긴 바지 짧은 치마
모두 빗속을 뛰고 있었다

천리향

금방 입을 활짝 열 것 같은
밥풀 모양 몽우리

터 잡지 못해서
큰 화분에 옮겨주니
꽃들이 피어나 활개를 친다

뺑튀기하듯
입들이 벙글거린다
채 천 리도 가지 못한
향기가 사무실 안과 밖을 맴돈다

오가는 사람들에게
천리향 따라
문전성시 이룬다

비파 새순

마트 한쪽 비켜서서
눈길도 못 받고 덩그러니 서 있다가
단 오백 원에 내 손에 이끌려온 너

보랏빛 머금은 채 방긋 웃었지
식구들 입맛 돋우며 눈 홀리게 하고
어엿한 대접 맘껏 받은 너

머리 잘려 물속에서 잠을 자더니
칠면조라도 된 듯 형형색색 뽐내며
식구들 사랑의 눈길 받고 곱게 자라네

어느 누구의 손길 따라
버려지는 몸이 되고
사랑받는 몸도 되는
너는 비파 새순

풀 뽑기

내 사무실 앞

보도블록 사이로 풀꽃이 피었다
좁은 사이로
고개를 내밀고 있다

풀을 뽑으려다가
나도 모르게 멈춰 버렸다

잡초 같은 한생이지만
그래도
희망을 안고 있는
우리 인생 같아서

그만
풀 뽑기를
망설이고 있다

어느 하루

보증금 이백만 원 방
삼백만 원 방
그게 전 재산인 세입자들
가끔 보태주고 싶은 마음이다

어느 집을 보여 주어야 할까?
어느 집이 저들의 마땅한 안식처가 될까

큰 꿈을 향해
여러 집을 거쳐 가며
방을 보여 준다

오늘은 또 누가 찾아올까
천차만별의 세입자들
그래도 기다려 보는 어느 하루

미세먼지

거리가 온통 뿌옇다
차 지붕 유리도 먼지로 덮였다
내 목도 터질 듯 아프다

아침에 한 빨래가
누렇게 색이 바랬다
눈에 보이지도 않는 미세먼지가
빨래를 다시 하게 만든다

오월이 계절의 여왕이라는
말이 무색하다

빨래가 볕 따라 하얗게
오늘같이 빨래도 햇볕이 그립겠지

청명한 하늘 보고
돌아와
맑은 공기 마셨으면
그런 날이 오기나 할까

안내견

누렁고 하얀 털이 섞인 레트리버 종
큰 개 한 마리
전철 안에서
단발머리 아가씨 손에
목줄을 내주고 있다

생김새부터
믿음직스러운 안내견
꼬리를 내리고 앉아 있다가
아가씨가 일어서면
같이 따라 일어선다

아가씨는 어쩌다가
시각장애인이 된 것일까
아가씨와 함께
전철을 내려서 가는
늠름한 안내견

새끼발가락

쉬고 싶어요 저 좀 쉬게 해 주세요
밤마다 피눈물 빼게 하더니
다음날 더 심한 거야
화도 나고 참을 수도 없고
그래서 앙탈을 부렸지

그 며칠 병상에 있었는데
글쎄 도려낸다지
별 수 없이
휠체어 타고 수술실에 갔어

저승사자들이 있는 것 같아
콩닥콩닥 뛰는 가슴 숨죽였지

허리에 콕 따끔하더니
난 저승길 긴 여행을 했어

발이 또 꾹꾹 신호를 주네

언제쯤 나는 또 신나게 뛰고 걸을까

새끼발가락이 몸을 끌고 다닌다는 걸
내가 붉은 얼굴로 눈물 흘린다는 걸
내 몸이 알아주었으면 좋겠어

사라진 쉼터

나무 그늘 찾아
발길 옮기는 여름이다

느티나무는 정자와 같은
그늘을 만들어 놓고
우리들에게 오라 손짓했었다

행인들의 발걸음이
느티나무 앞에서
잠시 머물기도 했는데

습관처럼 다시 찾은
느티나무 쉼터

누구의 손에 잘렸나
몸통 잃은 느티나무

잘려 있는 느티나무 몸통이
제 몸의 잘린 자국을 보고 있다
내려 보고 눈물 흘린다

고양이 울음소리

고양이 울음소리는
갓난아이 목소리

옹알이 소리
배고파 우는 소리로 들린다

들고양이가
새벽 단잠을 깨운다

이어지는 어미 고양이 울음소리가
자꾸만 길어진다

고양이는 전생에
아마도 애기였나 보다

애기 목소리 흉내 내는
들고양이들

아마도 전생에 어른이 되지 못한
사람이었나 보다

세월호 천사들

바람 불면 날아갈까
비 오면 젖을까
추우면 얼까
더우면 데일까
애지중지 키운 자식

나밖에 모르는 사람들이
너희들을 죽음 속으로 몰아넣었구나

짠물에 눈이 쓰리고
목이 타는 고통 속에
몸부림치다 잠들었을
아들, 딸들아

나밖에 모르는 사람들 없는
천국에서 다시 태어나
못다 핀 꽃을 활짝 피우렴

너희를 지켜내지 못한
못난 어른들은
두 손 모아 용서를 빈다

흙으로 돌아가기도 어려워

살아있는 생명은 고통 앞에 웁니다
사방이 눈물입니다
보고 싶은 부모 지척에 있어도 볼 수 없어요

창살 없는 감옥입니다
겨우 영상통화로 마음 달래지만
마지막 자리까지 가로막힙니다

한 줌 재 되어 흙으로 돌아가기도 어렵습니다
늙은 부모의 병든 몸,
흙도 거부하는 걸까요
자식들 눈에 피눈물 흐릅니다

부모 떠나보낼 땅 한두 평 찾느라
기도도 못 하던 시절이 지나갑니다

김 간호원

봄 햇살처럼 웃는다
목련이 소리 내어 웃는 것 같다

웃는 얼굴마다
환자가 된 나도 웃으며 치료 받는다

김 간호원의 손길로
얼굴이 밝아지고

퇴원하는 환자마다
김 간호원 손을 잡는다

노숙자

박스를 펴서
요를 삼고
신문을 테이프로 붙여
이불 삼는다

밤은 깊어
추위를 견디려
신문 이불 속으로
웅크리며 드는데
자꾸만 작아지는 몸

아침 되면
또
어디로 가야 하나

저 남자
쪽잠이라도
좋은 꿈꾸었으면

고추잠자리

어디든 훨훨 날아다니는
넌 참 좋겠다

나도 너처럼
날 수만 있다면
부모님 계신 곳에
언제고 다녀올 텐데

뜨거운 햇살을 뚫고
공중을 나는
고추잠자리야

너는
백두산도 가겠지

하이힐

신발장 구석에
낡아가는 하이힐

작은 키 높여 큰 키 만들어주던
또각또각
지금도 들릴 것 같은
맵시 나는 까망 하이힐

옷맵시 높여주고
우쭐하게 하던 굽 높은 하이힐

낡아가는 무릎
눈으로만 본다

누가 신어 줄 건가
주인 잃은 하이힐

*2020년 서울 지하철 스크린도어 공모전 당선작

옥색 치마

봄이면 봄나들이 가시던
엄마

바람떡 김밥 싸서
앞산으로 벚꽃놀이 갔었지

옥색 치마 꽃잎처럼
휘날리더니
꽃잎도 치마 따라 흔들리더니

엄마의 옥색 치마는
지금쯤 어디로 가고 있을까

*시 노래로 만들었음
*품건축 행복집짓기에서 주관하는 시 현판대회에서 모헌재(경기도 이천) 2022년 시 현판작품으로 당선

그래서 나 아름답다

3부

내 사무실이 운다

산사 기도 터

누구를 위해
빌고 비는 손인가
소금물 눈을 적시며 흐르는 땀
무릎 꿇는 삼천배

멀리서 들려오는
종소리
목탁소리

산사의 새벽이
지나간다

장미정원

충무로 대한극장 8층에는
장미정원이 있다

작년 5월에 장미꽃을 보면서
영화도 한 편 보았다
영화 속에서도 장미꽃이 피어 있었다

우리는 꽃이 되어 팔을 흔들고
장미 흉내를 냈다

올해도 장미꽃이
피었을까

오월이 기다려진다

강남 대치동

모래로 두더지 집 짓고
대나무 사이로 뛰어다니며
샛강에 발 담그고 놀던
강남 대치동이

지금은 올려다보며
계속 오르는 고층 아파트에는
어떤 사람들이 살고 있을까

내 어린 시절이 두더지 집 찾아
아직도
뛰놀고 있다

분수쇼

음악 따라 형형색색 불꽃이 솟아오른다
트로트 팝 노래에 맞춰 춤추는 불빛이다

손녀 하율이가 몸을 흔든다
어디서 배웠는지 김연아처럼 발레하듯 몸을 흔든다
손자 하준이도 누나 따라 신나게 몸을 흔든다

우리는 박수 반 웃음 반
주변 사람들도 박수를 친다

초여름 밤도 춤추듯이 흔들린다
이런 날은 직지사 부처님도 멀리서 춤을 추시겠지

포도

아들이 피땀 흘려
번 돈으로 사 온 포도

아들과 며느리가
함께 들고 왔다

그래선지
먹을수록 맛이 있다

새콤달콤한
향이 코를 간지럽힌다

아들 며느리 눈망울처럼
까맣고 탐스런 포도송이

가시오가피

겨울잠에서 깨어난
오가피나무야

새순 틔우느라
몸살 앓으니
가시 돋겠구나

가시가 있어
약이 된다면
맘껏 돋아라

소록도 무지개

손가락 하나에
마음 하나
발가락 하나에
또 마음 하나

일곱 빛깔 손과 발
부채처럼 펼쳐진다
소록도에 스며있는
일곱 개의 별이 된다

끝내 하나 되는 육신의 아쉬움
소록도 무지개를 실어 나른다

모과

향기 따라간 곳에 이르니
일그러지고 볼품없지만
향기는 상큼해서
심신을 달래 주는 모과야

겉이 예쁜 과일보다
향기로운
네가 더 좋구나

당진 대추

추석 전날
손수 거둔 것이라며
대추 한 자루 가져왔다

대추하면 당진 대추지

큰 건 차례상
작은 건 먹을 것
무른 건 말릴 것

익은 대추 골라 씻으려니
그의 얼굴이 보인다

금년 차례상에는 조상님들이
당진 대추 보시고
크게 웃으시겠다

장곡사에서

발을 펴듯 곧은
길을 타고 오르니
산의 물결을 거슬러온
목어가 나를 반긴다

몸속을 지나는
약수 한 사발이
내 목젖을 넘어
징소리를 내는 것 같다

약수터에서 아래를 보니
산이 물결친다
장곡사 그늘 아래
숨어 있다가 하산하는
새의 걸음을
오늘은 배우고 있다

간판

간판 속 형광등이
켜졌다 꺼졌다 깜빡거린다

시간이 지날수록 꺼져 있는 시간이 길어진다
간판도 쉬고 싶어 하는 것일까?

'신부동산랜드' 라는 간판도
신이라는 말이 어울리지 않는다
오랜 부동산랜드가 되고 있다

상호를 드디어
무지개부동산으로 바꾸었다

바꾸자마자
무지개를 타고 온 손님들이
무지갯빛 웃음을 짓는다

무지개부동산 간판이
함박웃음을 터트린다

해남 땅끝마을

해남 땅끝마을이
바다를 잡고 있다

미역 김 양식장이
파란 바다를
검게 물들인다

모노레일을 타고
올라간 산꼭대기
9층 전망대

그동안 막혔던
내 가슴이
바다를 보니 트였다
그 가슴을 바다가 삼키려 한다

해남 땅끝마을 갔다 온
내 가슴이
아직도 그 바다에 있다

직지사 부처님

나를 따라 두 손 모은
하율이 하준이
불전함에 불전을 넣고
부처님께 절을 한다

2십 년 전 나를 반겨주던
그 부처님이
우리 가족을 반긴다

나는 손주들이 무탈하게
자라게 해달라고 두 손 모았다
하율이 하준이는
합장을 하면서 탑돌이를 한다

하율이 하준이는
무슨 소원을 빌었을까

하율이 하준이가
오늘 밤 꿈속 부처님께
계속 절을 하겠다

경포대 몸짓

새벽안개 헤치며 달려간 곳
물안개 넘어 파도 소리 들린다

푸르다 못해 검푸른 바다
바람 없는 잔잔한 바다
님의 이름 불러본다
잔잔한 파도에 메아리쳐 온다

넓은 모래사장
발자국 찍어
보고픈 이름 적어본다

김장

김천 사돈댁 밭에서 단장하고
인천으로 시집온
배추

소금 세례 듬뿍 받고
한풀 꺾여
순한 신부가 되었다

마늘 파 빨간 고춧가루 곁들이니
형형색색 합방된 김치

신혼여행 떠나는 김치
제대로 감칠맛 나겠다

김장김치

옆집에서
김장을 끝내고

포기김치
한 통을 들고 왔다

쌈 싸 먹으라며
절임배추 한 포기와
채장아찌도 들고 왔다

형님 같은 마음 담아
정까지 듬뿍 담아
갖고 왔다

아직도 여기는
시골 인심이다

고춧가루

우리집과 사돈집

딱 두 집 먹을 양만
작년처럼 지었다며

고춧가루를
건네주시는 사돈댁

받으면서
마음이 자꾸만 무거워진다

소나기

하늘 도화지에
곰을 만들던 구름이
바람에게 져서
화가 난 곰구름

땅 위로 발을 내디디며
볼멘소리로 땅에다
쉴 새 없이 화풀이한다

구름곰의 발톱에 닿아
툭툭 땅이 팬다
한바탕 왔다가는
곰구름이 만든 소나기의 힘에
여름도 성큼 물러서고 있다

새길

매일매일 걸어온 길
눈 감고도 찾는 길

가는 길에
묵은 때 씻어도 보고
지나간 길
뒤로 두면서

무엇을 내려놓고
또 앞으로 갈까

서성거리다가
오는 길을 만나는
오늘은 새로운 날

가 보지 않은 그 길
알 수 없는 그 길이
따라오라
저 앞에서
손짓하고 있다

*시 노래로 만들었음

감또개

툭 투둑!
귀를 쫑긋 세운다

어젯밤에도
툭 투둑 소리와
수수께끼 놀이를 했다

휘어진 감나무
가지가 찢어질 지경이다

치열한 밤, 전쟁 끝
땅에 떨어져
고개를 돌리고 있다

*동요로 만들었음

그래서 너 아름답다

4부

생전의 어머니 미소처럼

마당의 선물

산사로 가는 길가에
피어나던 진달래
생전의 어머니 미소처럼
눈부시게 웃고 있네

좁은 마당 한 켠에 옮겨
집을 만들어 주었더니
해마다 봄선물을 주네

여덟 번의 선물을
안겨주는
어머니 닮은 진달래 미소

어머니 품에 안겨
흔들리는 꽃잎들이
마당에서 잔치를 여네

아버지

움푹 꺼진 눈자위로
빛나는 젊은 눈이 숨어 있다

반쯤 벌어진 입가에
굳게 다문 젊은 입이 숨어 있다

쭈그러진 주름살 뒤에
늠름히 내세우던 젊은 얼굴이 숨어 있다

손을 잡으니
벽을 잡는 듯
두 어깨의 짐이
아직도 얹혀 있는 듯
무겁게 앉아계신다

가래 끓는 소리에
자꾸만 가라앉는 아버지
아버지는 가슴이 열리다가
닫힌다

화전

진달래꽃 배꽃 따다
광주리에 얹어 두던
어머니

찹쌀 곱게 빻아
반죽해서
솥뚜껑에 기름 두르고

꽃 모양 그대로 화전 만들어
꿀에 담가
내 입에 넣어주던
어머니

화전 만들던 꽃처럼 피어나
웃으시던 어머니

어머니에게 달려가고 싶은
봄날

어머니 내 입에
쏙 넣어주시던
아직도 입안에 있는
화전

목마와 딸

창고에서 어릴 적 딸이 타던
목마를 밖으로 꺼내려니
오랫동안 딸을 기다렸다는 듯
목마의 목에서 끼익 끼익 웃는 소리가 난다

목마를 타고 놀던 어릴 적 모습이 떠오르며
갑자기 창고가 환해졌다

거실에서 타고 놀다 떨어져 울고 웃다가
내 볼에 입맞춤하던 딸이
얼핏 스쳐가 뭉클하다

오래 기다리다가 기다림에 지쳐서
목마의 목에 생긴 깊은 상처
치료해야지

어버이날

활짝 핀
빨간 카네이션 꽃송이를 보다가
며느리의 웃는 얼굴을 본다
곱게 피었다

카네이션 바구니 때문에
며느리가 더
예뻐 보이나 보다

시아버지 상여 따라가던 길

삼십 년 전 경기도 오포
다리 밑 개울가

수초 깊이 새끼 치던
피라미 송사리 떼
물오리 한 쌍
모두 어디로 사라졌을까?

상여 지나가던
다리 위에서
내려다보며
물오리 떼 찾아본다

지금은 아파트와 빌라촌

시아버지 따라가던 길이
너무 멀다

슈퍼맨 아빠

남성 육아 사진 공모전에서
아들이 대상을 탔다

오른팔에는 하율이
왼팔에는 하준이
가슴에는 막내
하진이를 안고 있는 작품으로

시청 로비에 걸린
세 아이의 아빠는
늠름하게 웃고 있다

그런데 기쁨도 잠시
나는 왜 가슴이 작아지기만 할까?

50킬로그램도 넘는 무게를 안고
힘들어도 웃고 있는
내 아들은
천하무적 슈퍼맨이다

엄마의 힘

십팔 개월 차이 연년생
남매를 키우는 며느리

동요도 불러주고
율동도 가르쳐 준다
쉬지 못하는 며느리는
어린이집 선생님 같다

몸도 야위었는데
어디서 저런 힘이 생기는 걸까
두 아이를 양팔로
번쩍 들어 안아 올린다

아이 키우는 며느리
천하장사 못지않다

아들표 케이크

아들의 거친 손이
생크림으로
작은 탑을 쌓는다

이층 탑이다
이층 탑이 저렇게
높게 보이는 것은

세상에서 오직 하나뿐인
내 생일 선물이기
때문이다

탑 위에 촛불이
저토록 환하게
퍼져 나간 아들표 케이크

애호박나물

호박 익는 여름에
토막토막
몸단장한 호박이
새우젓을 만난다

숯불 풍로에서
끓고 있던 양은 냄비

5남매 둘러앉은 밥상
아버지는 보고만 계신다
한술 뜨시고 나는 됐다
너희들 먹어라

그때는 몰랐다
싫어서 안 잡수시는 줄 알았다

그 달던 호박나물
엄마의 손맛을
아버지가 키우셨네

생일상

머느리가
정성껏 빚어준
손만두 다섯 개
내 생일날 아침이었지

만두를 혀끝으로
맛보며
내 어머니도 잠시 잊었지

그 옛날
내가 차려드린
어머니 생일상

그리고 지금
나와 내 며느리
자꾸만 번갈아 떠오르네

새로운 고향

작은 가지들을 모아
심고 키워서
숲을 이루고

꽃들이 피고 지기를 거듭하며
제 몸을 일으키며
씨앗을 남겨
씨앗 박물관을 이룬
누군가의 손길이
모여 있는 그곳

어린 시절 마음이 되살아
마냥 돌아가고 싶은
마치 꿈속 같은 그곳

부모님 뜻을 따라
고향을 올곧게 지키며
숲이 정원과 터전이 된 그곳

연천 마을

떠나와 있어도
고개가 자꾸만
그쪽 연천 마을로
돌아가고 있네

예단 이불

막냇동생 며느리가
예단으로
이불 한 채를 갖고 왔다

받자마자 세탁해서
그날 밤부터 덮고 잤다

막냇동생 자부의
마음이 담긴 이불
밤이 짧다

딸의 빈자리

딸이 결혼해서 떠난 후
나 혼자 생활하니
금방 티가 난다

얼마나 의지하고 살았었나
딸도 나를 의지했었을까?

딸은 나에게
보석보다 귀하고
아름다운 꽃이었다

고향

깊어가는 겨울밤
등잔 밑에서 새끼 꼬시던 아버지

참숯 화롯불 올라오면
알밤 구워 두었다가 까주시고

5남매 오물거리는 입 바라보며
웃음 지으신 어머니

고향 집 울타리 아래
백일홍 봉숭아 꽃
아직도 머리에서 맴도는데

세월 따라 변해 버린 고향 집에는
부모님 간 곳 없고 그 집도 변해

신식 집 새 주인이 살고 있고
어릴 적 내 동심이 울고 있네

나의 엄마

딸이 부르는 엄마라는 말에
느닷없이 떠오른
나의 엄마!

갑자기 엄마가 보고 싶어
딸과 고향 집을 찾았다

함께 뛰어놀던 친구도 없고
앞마당 텃밭은 보이지 않고
엄마 손길 분주하던
장독대도 간 데 없고
백일홍 맨드라미 꽃도 없다

어릴 때 높던 큰 산도
지금 보니 작은 산이다

오늘따라
'엄마' 라는 말이
자꾸만 나를
아이로 만들고 있다

생일 케이크

손주 하율이가
조막만 한 손으로
손뼉 치고 촛불 끄고
짠! 하며 함께 케이크를 잘랐다

할매 축하!

어머니
초 개수가 많이 늘었네요

어느새 늘어난 초 개수에
아들보다 내가 더
놀랐다

멀리멀리 세월을
비켜가고 싶었는데
세월이 먼저 알고
우리 가운데로 왔다

벌초

일 년 만에 찾은
시아버님 산소
내 아들이 다섯 살 때 돌아가셨지

서른 살 된 아들이
팔을 걷고 잔디를 심고
말끔히 벌초한
산소를 바라보다가

돌아서는 아들의 옆모습에서
언뜻 생전에 마실 가시던
아버님이 스쳐 간다

부처님 오신 날

아들 집 들렀다가 오는 길에
며느리, 손녀와 함께
파주 보광사를 향해 가는데

산사로 가는 길은
가도 오도 못하고
차가 멈춰 버렸다

신도들의 행렬은 끝이 없고
차 속에서 부처님께
모두 기도하고 있었다

긴 연등길
줄 서서
부처님께 잠시 예를 올렸다

내 마음 알아채고
부처님이

우리 기도 들어 주겠지

잠깐 부처님 뵙고
짧게 기도드려도
우리 소원 들어 주시겠지

가죽나물

"가죽나물 보낼게요"
"가죽나물이 뭐예요?"

사부인이 취나물과
가죽나물을 보내왔다

받아보니 내가 알고 있던
참죽나무의 어린 잎인데
부르는 이름이 달랐다

점심 밥상에서
환영받은
가죽나물 빈대떡

그 너머로
엄지손가락을 세우고
사부인이
웃고 있는 듯하다

5부

저 작은 아기 나뭇잎들이

유월의 장미

눈부신 미소로
칼날 세워 웃고 있지만

마음 닫힌 듯
못다 핀 봉오리
꽃피우기 위해 몸을 연다

울음을 품에 안고
성큼 칠월로 향해 가며

울면서 웃고 있는
너는 유월의 장미

목련꽃

용현3동 동사무소 옆
이 층 높이 두 그루
목련꽃

해의 흐름 따라
금년에도 봄을 먼저 알리고 있다

해 따라 몽우리 입 열고
큰소리치듯
봄 잔치 벌이고 있다

탐스럽게 마당 가득
봄 처녀 가슴처럼
활짝 열리고 있다

벚꽃길

벌들이 윙윙 날아다니듯
벚꽃이 휘날린다

여기저기
뻥튀기 튀기듯
벚꽃잎이 흩어지고
바람 따라 모여든다

양탄자 깔아 놓은 듯
펴져 있는 하얀 벚꽃길

저 벚꽃길 따라
나도 잠시
벚꽃이 되어
봄이 가고 있다

봄맞이

나무도 몸을 움츠렸던 겨울
바람이 봄노래 부르고
땅속 개구리 잠 깨우고

새싹도 눈곱만큼 나왔네
얼음 깨고 들려오는
냇가에 맑은 물소리

집 단장하고 봄 맞을 준비에
마음 설레어 손님 기다리다
나도 나비 되어
봄맞이하고 싶네

불멸의 밤

혼자 서있는
가로등 불빛이
창밖 밤하늘 별 무리를
가깝게 오게 한다

새벽 찬바람 내려오고
풀벌레 울음소리
움츠러든다

무덥던 여름날을
끝내려고 밤새 머뭇거린다

잠을 쫓아내는
가을의 발길이

성큼
밤을 물리치는
아침이 온다

넝쿨장미

넝쿨장미가 나를 보고
크게 웃음을 터트린다

날 따라와 봐!

장미 넝쿨 따라
담장을 한 바퀴 돌았다

장미는 담장을 도는
나를 따라다녔나 보다

내 그림자를 보며
방긋방긋 웃는다

봄비

겨우내 얼었던 땅 틈새로
스멀스멀 올라온
연둣빛 눈매

하늘의 눈물세례 받고
옹알이한다

봄비야 그만 멈추어다오
내가 한꺼번에 크면
뼈대가 약해진다

매미 울음소리

며칠째 열대야로 잠을 못 자고 있는데
겨우 잠든 새벽
매미 울음소리에 잠을 깬다

새벽잠을 깨우는 매미 울음소리
7년을 기다려 울고 있는 매미

7년 후
저 울음소리
똑같이
들려줄 수 있을까?

느티나무 · 1

느티나무가 철쭉꽃을
넘나드는 나비를 보고 있다

작년에 왔던 나비인가?
느티나무는 자꾸만
고개를 흔든다

바람이 분다
느티나무가 철쭉꽃을 향해
제 몸을 기울이고 있다

숭의동 철쭉꽃

출근길 매일 미소 짓는 너
봄이면 연분홍색으로
나를 웃게 한 너
열아홉 살 소녀는
눈물 흘리며 거기 서 있네

뜨거운 햇살 아래
가냘픈 너의 모습
비라도 맞으면
활짝 생기 돋는 너

가을에도 붉은색으로
바쁜 나를 반기며
꿋꿋이 서서
삶에 희망을 선사하는 너

겨울인 지금 눈보라 속에도
계절도 잊은 채 홀로 피어
동그란 너의 입술은
붉게 웃고 있구나

수국

마당 한 켠에
무더기로 자라
꽃도 피우지 않더니

5년이 지나도
키만 껑충해서
뽑아 버리려고 했더니

새 며느리 맞은 올해
마당을 채우듯
꽃이 벙글어
새 식구 반기고 있네

아침마다
환하게 고갯짓하며
활짝 웃고 있는
수국

아침 찬가

아침 창문을 여니
여기저기
들려오는 새소리
내 귀를 트이게 한다

어제도 들었던
새소리
컸다가 작아지며
내 언저리를 맴돈다

주위를 둘러봐도
새는 보이지 않고

새소리만
계속 들려온다

개구리 소리

광탄 친척 집에 가면
들길에서 개구리 우는 소리가
들려온다

몇 년 만에 들어 보는 소리인가

도시 사람들은 개구리
소리마저 잊고 산다

개구리 소리가 들려주는
동심의 꿈
광탄의 밤이 푸르다

나뭇잎 하나

나뭇잎 하나
문득
발등으로 구른다

빙그르 돌면서
생기 없는
나뭇잎 하나

저 나뭇잎도
한 시절
푸르게 여름을
보냈겠지

나도 조금씩 기울어지는
가을이 왔나 보다

느티나무 · 2

날개 달린 느티나무가
사무실 앞을 가리고 있다

봄이면 나무가 눈을 크게 뜨고

여름이면 사람들 발길을 멈추게 하고

가을이면 붉게 단장한 날개를 달고

겨울이면 날개가 하얀 솜이불을 덮고 있다

날개가 푸른 여름날
느티나무가 나에게 걸어온다

수재민들의 소망

한 달 내내 내리는 장맛비
산사태와 물난리로
삶의 터전을 잃은 이재민들
서로 얼굴 보며 고개 떨군다

언제 다시 보금자리로 돌아가려나
서로 마주 보고
힘없이 웃는 수재민들

햇빛을
기다리는 눈빛들이다

아기 나뭇잎

아기 나뭇잎이
연둣빛 눈웃음친다

저 작은 아기 나뭇잎들이
한꺼번에 커 버린 올여름
정자나무 그늘이 떠오른다

아기 나뭇잎
연둣빛 눈웃음
봄우물에 봄이 가득하다

감나무

동대문 시장에서
사 온 작은 감나무 하나
마당 귀퉁이에 심었는데

제집을 만들며
새순 나와 7년 되었다

무성한 나무 그늘 아래
감또개 떨구며
튼실한 감이 또 주렁주렁

우리 아이처럼 자라더니
문득 이웃집 감나무를 향해
담을 넘었다

가을비

산들바람 불어와
옷깃을 여미게 하는 날

가을 나무와 곡식들은
햇살을 그리워하는데

눈치 없는 가을비는
어쩌자고 내리는가

가을꽃 축제

국화꽃 세상이다

형형색색의 꽃들이
저마다 얼굴을 뽐내고 있다

꽃 앞에서 사진을 찍는 사람들

꽃 따라
가을 향기를 품어낸다

겨울강

물소리와 함께 가는 아라뱃길
겨울을 간다

작은 얼음 위에 멈춰 선 오리들
겨울을 본다

강둑에 서 있는 앙상한 나무들
겨울을 산다

강물을 보고 있는 내 마음
봄으로 간다

*가곡으로 만들었음

홍시

가을 햇살과
눈싸움하던
대봉감

먼저 익어가는 감
제발 나를 내려 주세요
노래 부르다가

아무도 돌보지 않으니
제 스스로 땅으로
내려앉는다

하율 하준 하진이 얼굴이 겹쳐진다
입언저리가 감물들어
범벅이 된 하율 하준 하진이도
홍시가 되었다

| 작품해설 |

보편적 생활에서 탐색하는 존재의 진실

— 이서연 시집 『그래서 더 아름답다』의 시세계

김 송 배

(시인 · 한국문인협회 자문위원)

1. '나' 의 일상생활에서 인식하는 자아

일찍이 철학자 하이데거는 「시의 본질」이라는 그의 글에서 "시는 우리들이 익숙해서 믿어버리고 손쉽게 가깝고 명백한 현실에 비해서 무엇인가 비현실적인 꿈같은 느낌을 일으키지만 사실은 이와는 반대로 시인이 말하고 시인이 이렇다고 긍정한 것 그것이야말로 현실인 것이다"라는 시인의 상상력과 현실에 대한 보편적인 정서에서 괴리(乖離)된 인식은 시와 현실의 상호 밀접한 관계에 있음을 이해하게 한다.

한편 영국의 비평가 리처즈도 우리의 일상생활의 정서와 시의 소재 사이에는 차이가 없다고 했다. 이처럼 생활의 언어적 표현은 시의 기교를 사용하는 것뿐이라는 평범한 생활에서 체험하는 이미지들이 작품으로 형상화하는 시적인 상황들은 바로 우리들의 생활 주변에서 감득(感得)하게 되는 것이다.

여기 이서연의 시집 『그래서 더 아름답다』를 일별하면서 이러한 생각을 먼저 해 보는 것은 이서연 시인이 작품의 발상이나 이미지의 창출 그리고 전개 방식, 특히 주제를 투영하는 시법들이 대체로 그의 일상적인 생활에서 체험한 보편적인 사유(思惟)에서 취택하는 소재나 주제를 살필 수가 있기 때문이다.

그는 이미 '시인의 말' 에서 "다람쥐 쳇바퀴 돌 듯 살아오면서 교통사고로 큰 수술도 했지만 좌절하지 않고 치료도 꾸준히 받아가면서 열심히 앞만 보고 살았"다는 진솔한 삶의 지향에 대하여 "그때마다 나를 대단하다고 믿어주는 가족들의 응원이 있었기에 견디어 낼 수 있었고, 용기를 내서 더 열심히 살아왔"다는 고백과 동시에 그는 "제가 시를 잘 못 쓰지만 시는 제 삶에 활력소입니다"라는 진정한 그의 내적인 인생의 진실을 이해하게 하고 있어서 그의 삶에서 탐색하는 존재의 의미와 가치를 우선 공감하게 하고 있는 것이다.

러시아워
전동차를 타본 사람은 안다

일터로 향하는
전동차 안
발 디딜 틈 없이
몸이 공중에 뜬다

출근시간 전철
미리 지쳐
업무 성과 낼 수 있을까
아침부터 밀려간다는
생각 든다

퇴근시간 전철
밀물처럼 밀려와
썰물처럼 빠지는 사람들

전쟁터가 된 오늘
그래도 내일이 기다려진다

–「치열한 삶」 전문

이서연 시인은 이와 같은 '치열한 삶' 에서 보는 바와 같이 우리 사회의 한 단면에서 감응(感應)할 수 있는 것은 아침 러시아워나 퇴근시간에 전쟁터처럼 벌어지는 전철 안의 형태에서 그는 삶에 대해서 치열성과 함께 존재에 대하여

전율(戰慄)을 심하게 느끼면서도 어쩔 수 없이 살아가야 하는 현실을 긍정하려는 사회적인 현상의 실체를 적시하고 있는 것이다.

그는 이러한 현상은 출근이나 퇴근시간에는 누구나 경험하는 일이라서 그는 삶의 치열성에 대한 수긍이지만 "미리 지쳐/ 업무 성과 낼 수 있을까/ 아침부터(어쩔 수 없이) 밀려" 가는 일이 반복되지만 "그래도 내일이 기다려진다"는 어조(語調)는 자아(自我)에 관한 진실이 내재된 인생의 존재에 대한 의미라고 할 수 있는 것이다.

이처럼 그는 많은 작품에서 '나'를 시적인 화자(話者)로 설정하고 현실 속에 상존(常存)하는 존재의 인식으로 자아와 현재의 상보적(相補的) 가치를 확인하거나 생존의 지향점을 탐구하는 시법을 읽을 수 있게 하는 것이다.

그는 작품 「촛불」 중에서 "내 몸 살라 밝히렵니다"거나 "어두운 곳마다/ 내 몸 태워/ 세상을 환하게/ 불 밝히렵니다" 그리고 「연꽃」 중에서도 "연꽃을 마주 보지 못해/ 나는 연꽃 앞에서/ 고개 숙인다"는 등의 어조로 자신에 대한 성찰적인 인식도 동시에 적시하고 있어서 그의 존재의식을 명징(明澄)하게 현현하고 있는 것이다.

입을 맞추면 열리는 숨구멍
위로 오르는 화기
붉게 퍼지는 얼굴

뜨거운 가슴
차마 어쩌지 못하는
열정이 넘쳐난다

너처럼 제 몸을 태우다가
하얀 가슴이 된
내가 그랬을까

두 손으로 집게를 잡고
거침없이 타오를
불꽃을 그려 본다

–「연탄불을 피우며」 전문

또한 이러한 일상에서 "너처럼 제 몸을 태우다가/ 하얀 가슴이 된/ 내가 그랬을까" 라는 어조로 연탄불의 의인화는 그 비유법이나 상징이 새로운 이미지로 발현되고 있어서 이서연 시인이 구가(謳歌)하려는 인생의 의미를 더욱 심도(深度) 있게 적시하는 시법이 우리들의 시선을 집중시키고 있는 것이다.

이렇게 일상적인 생활에서 획득하는 작품은 「선풍기」 「열대야」 「잡채」 「넝쿨장미」 등 사소한 소재에서 그의 예리한 혜안으로 '나' 의 존재에서 인생관이나 가치관을 모색하는 시법을 공감할 수 있게 한다.

2. 사회적 현상에 대한 민감한 반응

이서연 시인은 사소한 사회적인 현상에 대해서도 민감한 반응으로 그의 정서를 환기시키고 있다. 일찍이 영국의 시인 매슈 아놀드는 "시는 가장 아름답고 인상적이고 다양하게 효과적으로 사물을 진술하는 방법"이라고 전제하지만 결론은 "시는 본질적인면에서 인생의 비평이다"라고 했다.

이 인생의 비평은 곧 인간생활에서 야기하는 모든 여건이나 환경 등에 대한 시인만의 특유한 정서와 사유로 이해하고 평가하면서 성찰하는 것이지만 때로는 혹독하게 비평으로 질책할 수 있는 "피어나지 않는 불꽃 속에서 시는 존재한다"는 그의 말을 경청(傾聽)할 필요가 있으리라.

우리들은 우리가 살아가면서 주변에서 생성하는 다양한 사건이나 제도적인 모순과 갈등들을 어떻게 극복할 것인가를 시인들은 작품으로 이를 용해하는 특징을 엿보게 하는데 이서연 시인도 이를 배제하지 못하고 자신의 철학이나 가치관을 통한 비판의 인식으로 이를 작품으로 형상화는 시법을 이해하게 한다.

살아있는 생명은 고통 앞에 웁니다
사방이 눈물입니다
보고 싶은 부모 지척에 있어도 볼 수 없어요

창살 없는 감옥입니다

겨우 영상통화로 마음 달래지만
마지막 자리까지 가로막힙니다

한 줌 재 되어 흙으로 돌아가기도 어렵습니다
늙은 부모의 병든 몸,
흙도 거부하는 걸까요
자식들 눈에 피눈물 흐릅니다

부모 떠나보낼 땅 한두 평 찾느라
기도도 못 하던 시절이 지나갑니다

-「흙으로 돌아가기도 어려워」 전문

그렇다. 이서연 시인은 얼마 전에 창궐(猖獗)한 괴질(怪疾) 코로나19로 인해서 고통받았던 사회적인 현상에서 비통함을 안타깝게 작품으로 그의 애절한 심정을 분출하고 있어서 우리들의 공감을 흡인하고 있는 것이다. 사회적인 심각한 문제는 곳곳에서 만날 수 있어서 일상생활에서 불편하거나 나아가서 위기감을 조성하는 국가적인 사건으로 확대되는 경우도 종종 일어나고 있는데 시인들은 이러한 위기의식을 적시하고 갈등의 요소들을 치유하는 시법으로 시사적(時事的) 현실에 대한 해법을 모색하는 경향으로 많이 전개하고 있는 것이다.

그는 국가적인 환란(患亂)으로 병원 면회도 불허(不許)하는 부모들과 영상통화로 겨우 안부를 묻거나 "한 줌 재 되어 흙으로 돌아가기도 어렵"다는 병마(病魔)에 갇힌 늙은 부모들의 죽음마저 옆에서 위로하지 못하는 안타까운 현실을 애절하게 토로(吐露)하고 있어서 당시의 상황들이 재생하는 시사성을 분사(噴射)하는 작품이다.

이와 같이 시의 사회성은 많은 작품들에서 읽을 수 있는데 작품 「미세먼지」 중에서 "청명한 하늘 보고/ 돌아와/ 맑은 공기 마셨으면/ 그런 날이 오기나 할까"라거나 「자유공원」 중에서도 "파도치던 그 밤의 인천상륙/ 쉴 새 없이 해변을 오르던/ 군인들의 타오르던 눈빛/ 아직도 잊지 못하는 것일까"라는 어조로 사회적인 이미지를 창출하고 있는 것이다.

나무 그늘 찾아
발길 옮기는 여름이다

느티나무는 정자와 같은
그늘을 만들어 놓고
우리들에게 오라 손짓했었다

행인들의 발걸음이
느티나무 앞에서
잠시 머물기도 했는데

습관처럼 다시 찾은
느티나무 쉼터

누구의 손에 잘렸나
몸통 잃은 느티나무

잘려 있는 느티나무 몸통이
제 몸의 잘린 자국을 보고 있다
내려 보고 눈물 흘린다

-「사라진 쉼터」 전문

이서연 시인은 당면한 위기의식의 문제에서 뿐만 아니라, 일반적인 주변의 상황에서도 그의 관심은 집중되고 있는 것이다. 느티나무와 정자가 있는 아늑한 마을 쉼터가 어느날 누군가가 느티나무를 잘라버려서 마을 사람들의 쉼터가 사라져 버린 시적 상황에서 그는 "잘려 있는 느티나무 몸통이/ 제 몸의 잘린 자국을 보고 있다/ 내려 보고 눈물 흘린다"는 결론은 우리가 공통으로 슬퍼해야 할 현실적인 비감(悲感)의 의식이 더욱 분노로 나아가고 있음을 이해하게 한다.

이처럼 공감을 유발하는 작품은 「강남 대치동」 중에서 "지금은 올려다보며/ 계속 오르는 고층 아파트에는/ 어떤 사람들이 살고 있을까" 혹은 「세월호 천사들」 중에서 "너희를 지켜내지 못한/ 못난 어른들은/ 두 손 모아 용서를 빈다"라는 사회적인 현실들이 시적으로 형상화할 때 그의 진실을 예감할 수 있게 하는 것이다.

3. 가정 화목의 효심과 우애의 현장

우리 인간들은 일생을 통해서 가정과 가족들과의 상호 교감 없이는 살아갈 수 없을 것이다. 이는 부모 형제들과 형성하는 가정의 화목은 옛말과 같이 가화만사성(家和萬事成)의 요체(要諦)로써 삶의 기본인 효심과 우애의 모태(母胎)가 되는 것이다.

이서연 시인도 고상한 모티브를 찾지 않고 평범하면서도 이미지의 근원이 되는 주변에서 소재를 찾고 주제를 투영하는 시법에 이미 익숙해져 있어서 시인들은 누구나 한 번씩 탐구해 보는 부모형제와 가정 그리고 고향에 대한 상상력을 가다듬어 보는 습성들을 이해하게 한다.

일찍이 스위스의 교육자 페스탈로치는 "가정의 단란이 지상에서 가장 빛나는 기쁨이며 자녀들을 보는 즐거움은 사람의 가장 성스러움이다"라는 말로 가정화목을 찬양하고 있는데 우리 인간들의 삶에서 하나의 귀감(龜鑑)으로 삼아야 할 것이다.

움푹 꺼진 눈자위로
빛나는 젊은 눈이 숨어 있다

반쯤 벌어진 입가에
굳게 다문 젊은 입이 숨어 있다

쭈그러진 주름살 뒤에
늠름히 내세우던 젊은 얼굴이 숨어 있다

손을 잡으니
벽을 잡는 듯
두 어깨의 짐이
아직도 얹혀 있는 듯
무겁게 앉아계신다

가래 끓는 소리에
자꾸만 가라앉는 아버지
아버지는 가슴이 열리다가
닫힌다

–「아버지」 전문

우선 이서연 시인은 '아버지' 에 대한 정감이 회한(悔恨)으로 재생되고 있어서 누구에게서나 동일한 상황의 효심(孝心)이 깃든 이미지를 추출해 내고 있음을 간과(看過)하지 못한다. 그는 "움푹 꺼진 눈자위"나 "쭈그러진 주름살" 로 재현(再現)되는 아버지 생전의 모습을 측은하게 묘사하는 그의 내면에서는 젊은 시절의 아버지가 항상 "무겁게 앉아 계" 시고 있는 것이다.

이러한 상황은 "숯불 풍로에서/ 끓고 있던 양은 냄비// 5남매 둘러앉은 밥상/ 아버지는 보고만 계신다/ 한술 뜨시고 나는 됐다/ 너희들 먹어라"(「애호박나물」 중에서)라는 어조와 같이 아버지가 자식들을 위한 애정이 넘치는 가족 사랑의 표본이 되고 있는 것이다. 한편 그는 시부모님들에게도 각별한 효심을 발현하고 있다. "일 년 만에 찾은/ 시아버님 산소/ 내 아들 다섯 살 때 돌아가셨지"(「벌초」 중에서)라거나 "지금은 아파트와 빌라촌// 시아버지 따라가던 길이/ 너무 멀다"(「시아버지 상여 따라가던 길」 중에서)는 등으로 그의 사유에서 불망(不忘)의 존재로 남아 있는 것이다.

진달래꽃 배꽃 따다
광주리에 얹어 두던
어머니

찹쌀 곱게 빻아
반죽해서
솥뚜껑에 기름 두르고

꽃 모양 그대로 화전 만들어
꿀에 담가

내 입에 넣어주던
어머니

화전 만들던 꽃처럼 피어나
웃으시던 어머니

어머니에게 달려가고 싶은
봄날

어머니 내 입에
쏙 넣어주시던
아직도 입안에 있는
화전

–「화전」 전문

이어서 어머니에 대한 회상에서 사모(思慕)의 정감적인 시법이 더욱 감동으로 흡인시키고 있어서 그가 영원히 지울 수 없는 모녀간의 사랑이 넘쳐나고 있는 것이다. 그는 당시의 상황들을 뚜렷하게 재생하면서 '어머니'를 부르고 있는 것이다.

그는 광주리에 진달래꽃 배꽃을 넣어두는 일, 찹쌀 반죽해서 꽃 모양의 화전을 만드는 일 그리고 그 화전에 꿀을 발라 내 입에 넣어주던 일들이 주마등(走馬燈)처럼 아련하게 그의 뇌리에서 생성하고 있어서 미소짓는 어머니에게 달려가고 싶다는 동심(童心)으로 상상력을 명민(明敏)하게 적시하고 있는 것이다.

그는 다시 "산사로 가는 길가에/ 피어나던 진달래/ 생전의 어머니 미소처럼/ 눈부시게 웃고 있네"(「마당의 선물」 중에서)라거나 "어머니 내 입에/ 쏙 넣어주시던/ 아직도 입안에 있는/ 화전" 등으로 사모곡(思母曲)을 읊고 있는 것이다.

한편 그는 작품 「고향」 중에서는 "깊어가는 겨울밤/ 등잔 밑에서 새끼 꼬시던 아버지// 참숯 화롯불 올라오면/ 알밤 구워 두었다가 까주시고/ 5남매 오물거리는 입 바라보며/ 웃음 지으신 어머니"와 같이 어머니를 떠올리면 고향도 동시에 현현되는 것은 보편적인 인지상정(人之常情)이 아닌가 싶다. 이밖에도 이서연 시인의 가족 사랑은 다음과 같이 나타나고 있다.

– 아들의 거친 손이/ 생크림으로/ 작은 탑을 쌓는다(「아들표 케이크」 중에서)
– 아들 며느리 눈망울처럼/ 까맣고 탐스런 포도송이(「포도」 중에서)
– 동요도 불러주고/ 율동도 가르쳐 준다/ 쉬지 못하는 며느리는/ 어린이집 선생님 같다(「엄마의 힘」 중에서)
– 딸이 결혼해서 떠난 후/ 나 혼자 생활하니/ 금방 티가 난다(「딸의 빈자리」 중에서)

— 거실에서 타고 놀다 떨어져 울고 웃다가/ 내 볼에 입맞춤 하던 딸이/ 얼핏 스쳐가 뭉클하다(「목마와 딸」 중에서)
— 딸이 부르는 엄마라는 말에/ 느닷없이 떠오른/ 나의 엄마// 갑자기 엄마가 보고 싶어/ 딸과 고향 집을 찾았다(「나의 엄마」 중에서)

4. 계절의 시간성에 탐색하는 자연 서정

이서연 시인은 만유(萬有)의 자연에 심취하는 서정시인이다. 그는 지천(至賤)으로 피어있는 꽃에서 교감하는 그의 정서는 아름다움이라는 꽃에 대한 이미지에서보다 지향적인 시간성과 생명성을 부여하고 있어서 계절에 따라서 변화하는 자연 현상들에서 우리 인생의 삶이 투영되는 시법을 선호(選好)하고 있는 것이다.

그는 사계절의 시간적인 개념에서 만물이 모습을 달리하는 변화의 자연에서 그가 탐색하는 시적인 향방은 서정성이라는 불변의 시법이 그의 뇌리(腦裏)에서 활기차게 작동하고 있어서 상당한 설득력으로 우리들에게 다가와서 새로운 정서와 사유를 제공하면서 미감(美感) 어린 작품으로 형상화하는 특성을 이해하게 된다.

출근길 매일 미소 짓는 너
봄이면 연분홍색으로
나를 웃게 한 너

열아홉 살 소녀는
눈물 흘리며 거기 서 있네

뜨거운 햇살 아래
가냘픈 너의 모습
비라도 맞으면
활짝 생기 돋는 너

가을에도 붉은색으로
바쁜 나를 반기며
꿋꿋이 서서
삶에 희망을 선사하는 너

겨울인 지금 눈보라 속에도
계절도 잊은 채 홀로 피어
동그란 너의 입술은
붉게 웃고 있구나

-「숭의동 철쭉꽃」 전문

그렇다. 그는 철쭉꽃이 계절의 변화에 따라서 그의 자태가 '너' 라는 의인화로 상황을 설정하고 봄이면 눈물 흐리게 하는 열아홉 소녀로, 가을에는 삶의 희망을 선사하고 겨울에는 붉게 웃고 있는 동그란 입술로 전개하면서 그의 서정성은 극(極)에 달하고 있는 것이다.

이서연 시인이 탐구하고자 하는 시의 위의(威儀)는 만물들이 시간(혹은 세월)과 동행하지 않으면 제대로의 섭리(攝理)를 이행하지 못한다는 철칙이 바로 우리들 인간에서 시간의 흐름에 의해서 생명성도 다양하게 성숙하는 과정에서 그 의미를 정리하고 있는 것이다.

그가 사계절에 대한 감응은 다음과 같은 어조에서 살펴볼 수 있을 것이다.

– 봄 : 아기 나뭇잎/ 연둣빛 눈웃음/ 볼우물에 봄이 가득하다(「아기 나뭇잎」 중에서)
– 여름 : 여름이면/ 제 온몸을 비틀며/ 바람을 선사해 준다(「선풍기」 중에서)
– 가을 : 가을의 나무와 곡식들은/ 햇살을 그리워하는데// 눈치 없는 가을비는/ 어쩌자고 내리는가(「가을비」 중에서)
– 겨울 : 물소리와 함께 가는 아라뱃길/ 겨울을 간다(「겨울 강」 중에서)

한편 이서연 시인은 계절과 자연에는 꽃들에 대한 교감이 남다르게 발현되고 있지만 자연 환경에 대한 사물 이미지도 다채롭게 창출하고 있는 것이다. 그는 착목(着目)하는 자연 대상물에서 시각이나 청각에 의한 상황에서 문득 재생하는 이미지들이 그의 작품의 형상화에 많은 모티브를 제공하고 있는 것이다. 그가 탐색하는 시각적인 이미지는 작품 「수국 물들다」「나뭇잎 하나」「느티나무」「새길」「모과」「당진 대추」「장곡사에서」「벚꽃길」「가시오가피」 등등에서 그의 눈길이 닿는 곳마다 하나의 의미를 창출하는 시법을 이해하게 한다.

그러나 청각적인 이미지는 우선 작품 「아침 찬가」 중에서 "아침 창문을 여니/ 여기저기/ 들려오는 새소리/ 내 귀를 트이게 한다" 거나 작품 「개구리 소리」 중에서 "몇 년 만에 들어본 소리인가// 도시 사람들은 개구리/ 소리마저 잊고 산다"는 등의 어조와 같이 청각에 의한 서정성을 감응하고 있는 것이다.

며칠째 열대야로 잠을 못 자고 있는데
겨우 잠든 새벽
매미 울음소리에 잠을 깬다

새벽잠을 깨우는 매미 울음소리
7년을 기다려 울고 있는 매미

7년 후
저 울음소리
똑같이

들려줄 수 있을까?

–「매미 울음소리」 전문

그는 매미의 울음소리에서도 예민하게 반응하고 있다. 새벽잠을 깨우는 매미들의 합창은 그는 울음소리로 듣고 있는 것이다. 매미는 한해 여름을 위해서 7년의 암흑 속에서 긴 기다림 끝에 세상에 나와서 환희의 노래를 들려주는데 그는 무엇인가 아쉬운 울음으로 이미지를 정리하고 있는 것이다.

그는 이러한 결론에서 "7년 후/ 저 울음소리/ 똑같이/ 들려줄 수 있을까?"라는 의문의 어조로 적시하는 것은 우리들 인생에서 무엇인가 아쉽거나 안타까운 내면의 의식이 침잠(沈潛)되어 있음을 엿보게 하고 있는 것이다.

이러한 청각은 "새벽 찬바람 내려오고/ 풀벌레 울음소리/ 움츠러든다"(「불멸의 밤」 중에서)는 풀벌레도 매미와 같이 울음소리 들리지만, "보리밥에/ 열무김치 얹어/ 썩썩 비벼주니// 가족들의 웃음소리가/ 방안에 가득하다"(「열무김치」 중에서)는 구절에서는 가족들의 환한 웃음소리로 청각의 상황이 바뀌고 있음을 이해하게 한다.

이서연 시인은 이 시집을 통해서 자신이 평소에 지각(知覺)하고 감응하는 세상의 물정(物情)이나 보편적인 일상생활에서 감지하는 느낌이나 사유의 향방이 그의 내면에서 숙성하여 작품을 완성하는 시법으로 창작을 정리하고 있어서 찬사를 보낸다.

그는 일상의 평범에서 인식한 '나' 와 사회적으로 민감한 반응으로 갈등요소에 대한 화해의 정리, 가정 화목과 효심과 우애 그리고 시간성에서 투영하는 서정성이 이 시집 전체를 관류(灌流)하고 있어서 시의 위의와 본령을 명징하게 정립하려는 서정시인임을 확인하게 한다. 시의 목적은 인본주의(humanism)의 실현을 위한 지적인 지향점이 발현되어야 할 것이다. 시집 출간을 축하한다.

그래서 더 아름답다

지은이 / 이서연
펴낸이 / 김정희
펴낸곳 / 지구문학

03140, 서울시 종로구 종로17길 12, 215호(뉴파고다 빌딩)
전화 / (02)764-9679
팩스 / (02)764-7082

등록 / 제1-A2301호(1998. 3. 19)

초판발행일 / 2023년 7월 17일

값 12,000원

E-mail/jigumunhak@hanmail.net

ISBN 979-11-91982-07-7 03810